도끼밭

김시언 시집

문학세계사

□ 시인의 말

들판을 걸어야겠다.

바람 부는 날이면 더 좋겠다.
눅눅하고 서늘한 들녘이 흔들리기 때문이다.

바람을 묻다.

2015년 10월

김 시 언

□ 차례

1

2

3

4

□ 해설 ㅣ 문혜원(문학평론가)

1

반지하 등고선

반지하 등고선

내려가야 닿을 수 있는 산정이 있다
침침한 지하 속을 걸어 오르는 산,
지층과 지층 사이
반지하 쪽방 곰팡이 핀 벽지를 뜯어낸다
벽지 속에 첩첩이 덧대어 껴입은 벽지들
층층이 등고선 무늬를 이루었다
어느 바위에서 떨어졌을까
모래알들 서걱거리는 소리가 들려오는 벽지 틈
비를 머금은 구름이라도 지나가는지
이불을 덮고 뒤척이는 물소리가 들린다
손바닥만 한 창을 비집고 드는 햇살을 따라
따글따글 끓어오르는 먼지들,
반층 눈높이로 보는 하늘은 반층 더 높아서
무릎을 꺾어 펴는 계단마다 등고선 주름들이 굽이친다
모란꽃을 뜯어내면 아메바가 나오고
아메바를 뜯어내면 푸른 하늘이,
아이들 찡그린 낙서들을 품고 있다
매미 유충처럼 벗고 싶은 허물들

꽃무늬 포인트 벽지 한 장으로 다시 등고선을 그린다
무늬가 촘촘할수록 가파르고 거친 산
방이 벼랑을 품고 융기한다

내겐 닻나무가 있다

두 평짜리 방 안이 일망무제다
화분 하나가 들어오면서
난바다 한가운데 구부러져
원을 이룬 수평선처럼 방이 출렁거린다
야생의 말잔등이라도 올라탄 듯 파도가 치면
잴 수 없는 수심을 향해
닻 내리는 나무
물고기 한 마리 잡지 못하는 날이 이어지지만
떨어진 닻은 끝없는 심해로 내려간다
과외받는 아이들이 다 잘려 나갔지만
병든 어머니는 밥보다 더 많이 먹는 약을 끊을 수 없고
차라리 닻줄을 끊어 버릴까 망설이다
무저갱 속에서 허방 디디며 길을 찾는다
닻을 내릴 때마다 닻나무에서 이파리가 떨어진다
물벼락과 파도를 얻어맞고 나자빠졌다가
힘겹게 나를 부축하는 일도 신물 난다
내 닻나무는 꽃을 피우기나 할까
떨어진 나뭇잎을 언제나 끌어올려 돛을 올릴까

도대체 가늠할 수 없는 바닷속
다시 닻을 내 안으로 빠뜨린다

생각은 어깻죽지에서 나온다

배낭을 메고 걸었다
생각은 발뒤꿈치에서 나온다는 니체 말을 떠올리며
걸음 끝에 금맥이라도 웅크리고 있는 듯
보도블록 위를 걷고 또 걸었다
도시의 골목을 오르내렸다
가는 곳은 다 가파르고 낭떠러지였다
그날 밤, 잊고 있던 중력을 감지하기나 한 듯
어깨가 한없이 뻐근하고 묵직했다
빨갛게 멍든 가방끈 자국에 맨소래담을 바르고
앉았다 누웠다 끙끙 타이레놀도 두 알
혼자 사는 일이 얼마나 홀가분하겠냐는 이들은
그만큼 등짐이 무거울 수도 있다는 사실을 알지 못한다
가끔 하늘에서 관리비도 떨어지고
베란다 항아리에 쌀도 가득 담긴다며 깔깔대지만
엄연히 나는 노후 대책을 세우지 못한
성인남녀 오십팔 퍼센트에 끼어 있다는 것을 모른다
과외 상담만 하고 수업으로 이어지지 않을 때
출판사에서 일한 돈이 나오지 않을 때

충무로 인쇄 골목에 큰불이 났을 때
가방은 여전히 무겁다는 사실을
생각은 뭉치고 결린 어깻죽지에서만 나온다는 것을

나이테가 촘촘해진다

정확히 두 시 방향이다
나무 옆에서 고등어 팔던 아낙이 해바라기하던 쪽이다

시장 귀퉁이 생선 파는 아낙 옆
은행나무 줄기에 터진 자국 있다
언 수도관 파열하듯 꽝꽝
햇살을 받아 터졌다

쩍쩍 금 간 줄기
벌어질 때마다 시멘트 바닥에 금이 갔을 것이다
짓뭉개진 배추 잎과 생선 비늘이 붙어 있는 바닥을
구불구불 파고들었을 것이다
그럴 때마다 옹이를 단단히 튼 나무

햇살이 생을 내리찍은 순간이 참으로 길다
나무는 겨울을 나기 위해 자신을 얼린단다
봄 햇살이 닿으면 다물지 못한 줄기에서 김이 피어난다
바닥에 금을 그었다가

하늘로 쭉쭉 파고든
가지 끝까지 패인 저 줄

아낙의 배에 튼 자국이다
점점 더 깊어져서
둥근 배에 나이테가 촘촘해진다

쿠쿠

말을 안 해. 밥 다 됐다고를 안 하네
밥맛은 똑같은데, 뭣 때문에 삐쳤는지 입을 통 안 열어
쿠쿠 애프터서비스 센터 문이 열리자마자
커다란 보자기를 든 노인이 들어선다
기사는 버튼을 여기저기 눌러 본다
음성 기능 센서가 고장났어요, 이제 말문이 트일 겁니다
집에 돌아온 노인이 밥을 안친다
전화 왔습니다, 전화 왔습니다
일이 생겨 주말에 또 못 온다는,
맛있는 거 많이 사 먹으라는 며느리다
걱정일랑 말아라
노인은 수화기를 내려놓으며 중얼거린다
잠시 후, 치지직 수증기가 터지더니
밥솥이 경쾌하게 알린다
밥이 다 됐습니다, 저어 주세요, 쿠쿠
쿠쿠, 할아버지는 고개를 끄덕이며 발장단을 친다
알았다, 쿠쿠! 잘 먹겠다, 쿠쿠!
밥주걱을 수돗물에 적셔 밥을 푸고는

시어빠진 김치 국물로 밥상을 차린 노인
볼륨이 잔뜩 키워진 텔레비전 앞에 다가앉는다

아나콘다

텔레비전과 고슴도치와 햄스터가 우글거린다
원 플러스 원을 외치는 소리
빠진 물건 채워 넣느라 비닐 뜯는 소리
박스 던지는 소리 먼지 풀썩이는 소리
자정이 넘은 시간,
백 원짜리 동전을 삼킨 카트,
수없이 카트 당한 채
꿈틀꿈틀 심장을 얻는다
좁은 통로에 비켜서서 아가리 쩍 벌리고
퉁그라진 바퀴 바로잡느라 바닥을 쾅쾅 구른다
신상품이 우글거리는
천장까지 치솟은 바코드 숲을 휘젓는 철뱀,
쉭쉭
바퀴가 닳도록 굴러다니면서 채운 음식을
도로 게워 낸다
입과 항문이 따로 필요 없다
철커덕, 마디를 반납하면
다음에 또 오시오

굳어 가는 헛바닥을 낼름거리며
동전 한 닢을 쿠폰으로 되돌려 주는 철뱀
비닐봉지에서 새어나온 침이 마르기도 전에
꿀꺽, 또 다른 동전을 삼킨다

계근대

마당이 저울이다
보이지 않는 저울이 마당 아래서
노인들의 하루를 잰다
1그램의 오차도 허용하지 않겠다고
예민하게 반응하는 마당
지나가는 구름 그림자에도 바늘이 움직일까
고양이가 기웃거려도
마당이 가라앉았다 일어났다
노인이 끌고 온 수레가 빼뚜름히 서 있다
어디서부터 빼뚤어졌을까
주정뱅이 남편이 떠나고
손자랑 사는 노인
서랍장 문은 삐뚤게 닫히고
하루에도 수십 번 기우는 마음을 다잡느라
허리띠를 풀었다 묶는다

바짝 엎드린 계근대
주인에게 빈 말을 건네는

노인의 셈도 재고 있었을까
노인이 장갑으로 옷을 탁탁 털며
천 원짜리 서너 장 받아 쥐는 동안에도
전광판 숫자는 깜빡인다

서울역 빙어

지하도 벽에 붙은 지자체 홍보 사진 아래
사내가 잠들어 있다
가늘고 긴 몸을 구부린 채
몇 겹 이불과 종이 상자로 몸을 둘둘 말았다
지자체 군수 환하게 웃는 사진에서
물소리가 계단으로 흘러내린다
수면에 부딪힌 햇빛이 사진 밖으로 반사되고
옷에 들러붙은 비듬이 눈발처럼 날린다
때 낀 손톱으로 떡진 머리를 긁다,
누운 종이 박스 밖으로 손이 나가면
다시 몸을 움츠려 들여보내는 사내
뻐끔뻐끔 숨 쉴 때마다
앓는 소리가 그를 물방울처럼 둥글게 안는다
등이 곱아드는 얼음장 바닥
해진 옷자락 지느러미 삼아 유영하는 사내
수초 냄새라도 맡는지
자갈돌 사이 두고 온 노래 소리라도 듣는지
시멘트 바닥 위에서 쿨럭쿨럭
때 전 지느러미만 펄럭인다

집

똑같이 생긴 우편함에서
사막 사용 고지서를 꺼낸다
모래밭 관통하는 엘리베이터로 집 앞에 다다르면
우리 집에서도 옆집에서도
똑같은 드라마 대사가 웅웅거린다

헛바늘이 선인장 가시처럼 돋아난다
모래가 눈썹에 들러붙어 천근만근
까끌까끌한 모래 바람이
손등과 얼굴을 긁고 지나간다
먼지가 빗방울을 몰아올 모양이다
나뭇가지 사이로 모래 바람이 불고
나는 사막 한가운데서 사막이 된다
물을 마셔도 목마른

어느 할머니의 자화상

자화상 그리고 가세요
진행 요원 말에 종이 박스 실은 리어카를 세워 놓고
사람들 틈에 쭈뼛거리며 끼어 앉는 할머니
난 배운 게 없는데, 말끝을 흐리고는
짜놓은 물감과
앞에 놓인 타일을 번갈아 바라본다
한참 붓을 만지작거리다
의자를 바짝 끌어당긴 할머니

붓 쥔 손에서 주름이 줄줄 흘러나와
초록색으로 야트막한 산을 이어 그리고
산줄기 사이로 하늘색 구름을 둥실 띄운다
산 아래로 맑은 물줄기가 흐르고
강에는 물고기 떼가 반짝거린다
산중턱에 커다란 집 한 채 짓고
산골짝 따라 드문드문 이웃도 불러들였다
사람들이 자신의 얼굴을 그리는 사이
할머니는 솔 냄새 솔솔 배어나는 강변 마을을 쏘다닌다

어느새 몸에 있던 주름이 모두 빠져나와
강가에서 탱탱하게 웃는 할머니

무늬

벌레들이 지나간 길이다
땔감으로 잘라 놓은 나무토막에
길이 빼곡하게 패여 있다
구불구불,
언젠가 딱정벌레 한 마리
나무껍질을 뚫고 들어가
보금자리를 마련했을 것이다
벌레는 수액을 빨아먹으며 알을 낳고,
애벌레는 어미가 알을 쏟고
빼빼 말라가는 동안
단물 삼키며 몸집을 키웠을 것이다
등딱지가 딱딱해지고
이빨이 단단해질수록
나무토막에 난 길은
넓게 깊이 패였다
나무는 제 몸을 깎아
벌레를 키우고 무늬를 만들었다
벌레가 낸 눅눅한 길

떨어진 날개 파편이
되새김질하듯 일렁이고 있었다

사다리

안경 나사가 빠졌다
호치키스 심 하나를 떼어 내
구멍에 넣고 힘껏 돌렸다
일 년 반이 지났어도
끊어지지도 풀어지지 않는다
그 마음으로 일하나
세금 빼면 얼마 안 된다고
억울한 임금 체계라면서도
버티는 건
호치키스 힘에서 나올 것이다

하루하루 잇는 사다리

2

도끼발[斧足]

도끼발[斧足]*

  자동차 타이어를 갈갈이 찢어 놓을 거야 천년을 벼린 도끼발로 단숨에 내리칠 거야 터진 타이어 조각은 차선을 바꾸며 나뒹굴고 길바닥엔 급정거한 금들이 뱀처럼 서로 엉켜들겠지 백 리 천 리를 걸어도 굳은살 하나 박이지 않던 뻘밭, 그때 내가 휘두른 도끼는 혀를 닮아 있었지 파도와 해초와 바위와 입맞춤하던 혀 하지만 이제 나는 단단해졌어 딱딱한 도로를 걷느라 강철보다 더 굳어져 버렸어 바닷가 신도시 오늘도 나는 아스팔트 길을 밀고 올라와 맨발로 걷지 아주 오래전에 죽은 동족이 석회질로 다닥다닥 붙어 있는 길 제한속도를 위반한 차들이 스키드마크를 내며 질주하는 길

  타이어 바퀴 아래 부서진 모래알이 되어 저 껑충한 아파트를 기어오를 거야
  아파트를 내리쳐 벽마다 균열을 내고
  벌어진 틈으로 해식 동굴 빠져나가는 바람 소리를 낼 거야
  걷다 보면 부은 발 어루만져 주던 파도가 그립기도 하

겠지

  야반도주하듯 떠나간 낙지 일가는 어느 해안에 이삿
짐을 풀었을까

  잊지 마 나는 바다의 도끼발

  바다가 다 사라져도 나는 사라지지 않지

  * 도끼발[斧足]: 조개의 도끼 모양 발을 일컫는다.

외출

단풍나무 아래가 집이다
문짝 없는 현관에 신발이 가지런하다
옷걸이 두 개가 어깨를 부딪친다
첫 단추만 끼워진 남방이 살랑거린다
이파리 와르르 떨구는 나무 아래
한 사내가 종이 박스 잇댄 요에서
겨울 스웨터를 껴입고 잠 잔다
몸을 웅크리며 입맛을 다신다

저 사내는 귀가하고 있을지도 모른다
시어빠진 김치가 말라붙은 김치통과
라면 몇 가닥이 눌어붙은 밥상 앞에서
딸아이가 웅크린 채 할머니를 기다리는
어두운 단칸방으로
미끄덩거리는 설거지통에
짝 안 맞는 젓가락이 널부러져 있는
햇살에 하얀 이 드러내며 웃는
가족사진이 빛나는 집에 갔다올지도 모른다

현관 들어서면서 신발을 벗어던지고
저벅저벅 사진 한가운데로 들어갈지도 모른다

사내가 자꾸 움찔거린다

소파

하루 종일 텔레비전을 켜고 있는 소파
소화가 안 돼 뱃속이 부글부글
한때 사업체를 꾸리던 소파
낮잠 잘 때도 리모컨을 놓지 않은 채
드러누워 곤드레만드레
냄비에는 라면 가닥이 말라붙었고
그 옆에는 소줏잔이 나뒹군다
일자리가 점점 줄어든다는 뉴스를 삼키면서
날이 갈수록 더 패이고 더 주저앉는 소파
오래 누워 있어서 허리가 아플 때
강아지가 꼬리 흔들며 깡깡 대면
벼룩시장이 꽂히는 시간에 맞춰
강아지와 집을 나선다
강아지는 따라오는 것도 못하냐는 듯
앞장서면서 자꾸 돌아본다
아파트 입구에서 채소를 사 들고 오다
묻지 않는 대답을 한다
아주 연해 보이데요, 하면서 비닐봉지를 들어올린다

몇 번 접힌 벼룩시장이 비닐봉지 한쪽으로 쏠린다

횡보 선생은 어디에?*

여름에도 양복 저고리를 벗지 않고
한겨울에도 외투를 걸치지 않았다
장대비가 쏟아져도 우산은커녕 모자도 쓰지 않았다
비둘기가 머리와 옷깃에 실례를 해도
너그럽게 받아 주었다
언제나 거나한 까닭이었다
진종일 다리를 꼬고 앉아 있는 선생은
아무도 없을 때 다리를 바꿔 꼬지 않을까
어느 땐가, 무슨 책을 읽나 슬쩍 들쳐 보려다가
손아귀 힘이 어찌나 세던지 포기하고 말았다
얼마 전 선생 옆을 지나게 되었다
양복 어깨엔 먼지가 뽀얗게 내려앉아 있었고
누구에게 얻어맞기라도 했는지
콧구멍에는 휴지를 틀어막고 있었다
숨 크게 내쉬세요, 선생님
휴지를 빼내자마자 훅 끼치는 술 단내
선생 건지 내 건지, 누군가 대작한 소주병이 바닥에 나
뒹굴고

선생 어깨엔 불콰한 햇살이
알딸딸하게 내려앉고 있었는데,

여기는 신성한 곳이오. 술 먹고 자는 곳이 아니란 말
이오. 횡보 선생이 종묘공원 관리인이 비추는 플래시 불
빛을 손으로 막고, 꼰 다리를 풀면서 일어난다. 누구든
가만두지 않겠어. 선생은 상가 유리문을 거울 삼아 단벌
양복 옷매무새를 살핀다.

* 종묘공원에 있던 횡보 염상섭 선생 동상이 공원 성역화 작업으로
2010년 3월 삼청공원으로 옮겨졌다.

문 많은 집

문짝이 벽이 되었다
도심 한복판 모 대학 디자인 센터
문짝 수백 개가 건물 외벽을 몽땅 가렸다
저 수많은 문은 어디에서 왔지
초인종 소리 잊은 문
울분이 가시지 않아 주먹이 푹 들어간 문
찾는 이 없어 손잡이 스스로 떨어뜨린 문
안방 마님의 보드라운 손길 대신
소음을 쐬는 자개문
먼지를 뒤집어쓴 채
어깨 겯고 지나는 바람에 삐걱거린다
문 버리고 간 사람들은 출입구를 잃어버렸을까
어디에서도 문을 열지 못하고
젖은 손을 옷자락에 스윽 닦으며
벽을 열고 들어온 사람들이
삼삼오오 모여 앉아 두런거리지 않을까
세상에는 문이 많아도 열리지 않는다는 것을
수많은 문에는 턱이 높다는 이야기를 하고 있지 않을까

열리지 않는
문 이야기를 하러 모이지 않았을까

돌쩌귀 잃은 문들이 덜컹거린다

독감 예방주사

지팡이가 바닥을 두드린다
노인들이 어둠 속에서 줄을 선다
차츰 밝아지면서 줄이 드러난다
아홉 시가 되어 보건소 직원이 문을 열고
노인들은 주민등록증을 내보이고 주사를 맞는다
한껏 멋 부린 노인들
공식적으로 햇볕 받은 반질반질한 지팡이,
노인들 손등 주름이 퍼지고
줄이 느럭느럭 당겨진다
왼쪽 어깨를 감싸 쥔 노인들
줄 선 사람들 앞에서 더 씩씩하다
비비지 말고 누르라잖아
그렇게 손이 가만 있질 않네
소독 솜을 꾸욱 누르는 노인들
비스듬히 의자에 지팡이를 기대어 놓고
미끄러지는 대로 자꾸 세운다

심해 오징어

아파트 게시판에 오징어가 붙어 있다
외면하면서 흘낏거린다
며칠 지나도록 눈길 한 번 받지 못한 채
전화번호 달린 다리 펄럭인다
외벽에 갇힌 파도와 갈매기 울음소리
모래를 게워 낼 것만 같다
전기를 뿜어내는 심해 생물처럼
센서등이 점멸할 때만 잠깐 밝아지는 현관
오징어는 유영 중이다
흐느적거리며 추위와 허기를 감춰 보지만
점점 압력이 높아지고 숨이 가빠온다
보너스와 퇴직금 받아 보지 못한 여자
야광충처럼 명멸하는 텔레비전 불빛만 깨어 있는 밤
나뭇잎과 전단지가 유기물처럼 뿌옇게 내리는 바다
동굴을 수없이 들락거리다,
아무도 손대지 않은 다리를 슬쩍 떼어 낸다
주머니 속엔 다리가 우글우글
오징어가 불에 덴 듯
남은 다리를 또르르 말아 올린다

봄꽃

쟁반 테두리를 돌돌 만 신문지가
바람에 펄럭인다
사내가 시적시적 걸어오다
멈칫거리더니
신문지를 들추고
젓가락 키를 맞춘다
주차장 담벼락에 쪼르르 핀
이파리 반 꽃 반 개나리
봉오리를 터뜨리기 시작한 수수꽃다리
슬몃 고개를 돌린다
반찬을 남김 없이 먹은 사내
신문지로 쟁반을 도로 여민 다음
소맷자락으로 입을 쓰윽 훔치고
가던 길을 간다
바람이 신문지를 휙 뒤집나 싶을 때
몇 발자국 뒤에서
밥 먹는 모습을 지켜보던 아낙
사내가 저만치 가 버리자
재빨리 쟁반을 머리에 인다

길

사백 살 먹은 느티나무
잘려나간 가지 겨드랑이에
주름을 만들었다
사람들 길이
살갗에 길을 냈다

필름에 새겨진 시간

빗길 세차게 달리는 차 소리가
대숲을 지나는 바람이면 좋겠다, 여길 즈음
사람들이 안부를 물었다
수화기 너머 들리는 목소리를 귓바퀴에 감고
혼자 떠들어 대는 텔레비전으로 눈길을 돌렸다
화면 속 골목길 담벼락에 찢겨진 광고지가 나풀대고
깨진 외등은 충혈된 눈으로 길을 비추고 있었다
그날 밤 막다른 길
트렁크에서 튕겨난 카메라 렌즈에는
아직도 비가 내리고 있을까
암실에 감긴 필름 위로
바닥을 긁는 쇳소리가
필름에도 기록되고 있을까
사거리에 있던 차들은
신호가 바뀌면서 모두 사라졌는데
금 간 렌즈처럼 병실 깨진 창으로
구름이 번갈아 문안 오고
링거 수액이 길게 늘어졌다 떨어졌다

하얗게 번진 필름 속에서
마디마디 끊어진 비명이 터진다
장대비 속으로 차 소리 들리고
창 밖으로 대나무가 바람에 흔들리고
뼈마디가 욱씬거린다

섬

잠식을 한다
주말이면 트림을 하느라 어지럽다
그때마다 마니산 바위가 쩍쩍 갈라진다는데
그 광경을 본 사람이 여럿 나왔다
사실 섬은 식성이 까탈스러워
어쩌다 들어오는 바깥음식을 싫어했다
여북하면 물로써 경계를 지었을까

날이 갈수록 느글거리는 속
그 한숨에 물이 들어왔다 나갔다
밤새 출렁거린다

세병관

몸에서 나오는 기름으로
옷에 기름 먹이고 볕에 말린다
또다시 기름을 먹이고 말리고
기름으로 단단해진 갑옷 입고
눈과 이만 내놓은 위장술로
지나가는 사람들이 당긴 눈화살을 막아 낸다
남은 소주병과 살 부러진 우산
화살통처럼 꽂힌 군장을 안고 잠깐 쉬면
볕 바른 모래밭에서
참새들은 목욕을 한다
모래 흩뿌려 벌레 털어 내고 깃털을 다듬는다
실밥 터지고 꼬질한 운동화 신은 전사들
몸과 옷을 뻣뻣하게 완성한다

종묘공원은 물 한 방울 없이
모래로 깃털을 다듬고
햇볕으로 갑옷을 기름칠한다

3
밥 짓는 꽃

밥 짓는 꽃

해가 지기 시작하면 꽃에서 쌀독 긁는 소리가 난다

따그락따그락 빈 도시락통 울리며 계단을 올라오는
사람들,
담장 너머 고개를 내밀고 빈 속 달래는 아이들

마당에 있던 할머니가 밥 지으라 이르고 어머니가 쌀
씻는 그릇을 집어 든다
우물가 바닥에 양은그릇이 하나 둘, 두레박이 기울면
쏴 뒷산 너머 노을이 깔린다

날이 저물어야 피는 꽃
저문 아궁이에
불을 지피는 분꽃

강아지랑 단둘이 사는 할머니네서 국수 내기 민화투
를 치다가,
전화 한 통 없는 며느리 생각을 잠깐 하다가,

분꽃이 필 때야 하면서 끙하니 일어서는 저녁

자꾸 보채는 꽃 속에서 밥 끓는 소리가 난다

바닷가 떡집

기와집 처마 밑에 호박고지가 내걸렸다
바닷바람과 햇살을 받아 꾸덕꾸덕해지면
찹쌀가루 뿌려 호박범벅을
해 먹을 요량이란다
눈보라가 길을 뚝 끊은 어느 날,
입이 심심할 때 떼어 먹으면 얼마나 달까
어쩌다 내가 바닷가 마을을 다시 찾아올 때
그날이 떡 쪄 먹는 날이면 좋겠다
빙 둘러앉은 섬들은 파도소리를 들으며
고슬고슬 눈에 얽힌 이야기를 풀어낼 것이다
거기에 누군가 우스갯소리를 얹으면
햇살과 바람과 나무도,
호랑가시나무 열매를 쪼아 먹던 새도,
서쪽 바다 파도도 흠흠 기침을 할 것이다
손가락에 찐득하게 들러붙은 떡을 떼어 먹다가
문득 창밖을 바라보았을 때
눈가루 뿌옇게 흩날리면
켜켜이 물결지는 바닷가를 걸어도 볼 일

눈이 펑펑 쏟아질 거라는 일기예보가 나오면
지체 없이 그 집으로 떠날 참이다

참치 기타

참치는 껍질 속에 비늘을 품고 다닌다
몸 속에 비수를 품고서
졸음이 올 때마다 쿡쿡
온몸의 세포를 찔러 댄다
태어날 때부터 끝없이 움직이는 형벌에 처해진 참치
굳어 가는 속살이 물살처럼 일렁일 때까지
퉁퉁 몸을 퉁긴다
저 멀리 은빛 먹이 떼가 나타나면
등지느러미 물살 가르며 단번에
낚아채는 어족
날쌘 솜씨도 알고 보면
살과 뼈를 퉁겨 대는 저 비늘에 있었던 것

퉁퉁 피크가 운다
날을 세울 때마다 생겨나는 수많은 현들,
수평선이 부르르 떨면
참치는 시퍼렇게 현을 조율한다

방풍나물

바닷바람 맞고 자랐단 말이지
오일장에서 사들고 간 나물을 반기는 어머니
막 차린 상을 밀어내고
나물을 다듬고 데치고 무쳤다

밥보다 먹는 약이 많은 어머니
북풍을 견디고 나타난 나물에서
쌉싸름하고 깐깐한 생명력을 찾아냈다
입맛 없다는 말을 거두고
고추장 된장 간장으로
날마다 맞서는 전술도 바꾸었다
창에 바짝 들러붙은 무겁고 어두운 바람과 맞섰다
그날부터 부엌과 베란다에 쌓여 가는 방풍나물

요 정도면 끄떡없어
꽃샘바람을 앞세운 추위로
창은 여전히 덜컹거리고
어머니는 날마다 전투력을 살폈다

향

초록빛 향 토막이 언뜻언뜻 보인다
잿더미에서 손이 움직일 때마다
풀썩 재가 날리고
잘린 향 길이가 제각각이다
더 이상 꽂을 데가 없어서야
향로 청소를 하게 된다는 공양보살
공장에서 일하다 잘린 검지손가락
남은 마디가 뭉툭하다
향로에 재를 채워 숟가락등으로 가볍게 누른다
자식새끼들이 뭐하고 살까 싶지만
생각하면 뭐해 알아서 살겠지
공양보살 옷을 탁탁 털고 일어나
미처 타지 못한 향을
신문지에 둘둘 말아 부엌으로 간다
타지 못한 향 토막이
시커먼 아궁이에서 다시 살아난다
굴뚝이 커다란 향로가 되어 타오른다
마디들이 돋아나 하늘을 가리킨다

조팝나무

잡힐 듯하다 휙 돌아서는 가지
쪼그렸다 일어섰다 오금이 저렸다
이때야, 셔터를 누르는 순간
저만치 달아나는 바람
때로는 더 힘차게 휘둘렀다
얼굴로 휘어질까 뒷걸음질 치는데
어느새 가지가 도로 와 있다
먼 숲과 들판을 지나온 바람이
겹치고 솟구치고 출렁이고
가지를 사진에 담을 수 없다
두리번거리며 멈춘 바람을 찾아보지만
곧바로 달아나고 휘어진다

카메라 불빛이 팡, 팡
조팝나무가 나를 찍는다
바람 한 자락이 나를 문다
휘어지도록,

아코디언

만돌이 두 팔이 허공을 가르는가 싶더니
반원을 그리며 출렁거리데
팔뚝에서 용이 꿈틀대고,
두 가닥이 네 가닥으로 수십 가닥으로
명색이 짜장면 가겐디 식구들 굶기겠어
팔을 크게 벌렸다 오므렸다
도마에 세게 내려치고 녹말가루를 좌악 뿌리는디
죽을 때까정 고향에서 산다는디 다행히 장사가 쏠쏠
한가벼
팔에 알통이 배겨도 참을 만할 거여
그나저나 만돌이 참 웃기데,
몰려댕기며 시 공부했다는 거 맞는가벼
반죽을 내리칠 때마다
바람이 분다는 거야, 밀밭 지나던 바람이라나
구름도 알갱이 콕콕 쪼아 먹던 햇볕도 보인다는겨
태풍 불 때 흙 꽉 잡던 뿌리 힘이
아코디언 바람통에서 나온다는 거여
개뿔은, 했지

시인 물을 먹긴 먹었나벼
짬뽕 한 그릇 기다리면서 단무지를 얼매나 축냈는지
그게 다 만돌이 반죽 치는 솜씨 땜 아니겠나

물방울꽃

쇠뜨기 오이풀을 찾아다닌 때가 있었다
제 몸에 물기가 넘친다 싶으면
물기를 또르르 말아서 뱉어 내는 초록잎
물방울에 햇살이 비치면
그 안에서 어른거리는 나를 찾아내곤 하였다
왜 시시때때로 넘치거나 곧잘 바닥을 드러내는지
그럴 때는 어김없이
쇠뜨기나 오이풀 이파리 끝에 매달린 물방울이 생각
난다

찰랑대는 둑 너머로 수문을 열었다 닫는 수력 발전소
내게도 그런 둑 하나 있었을까
넘치는 물결들 속에 가두고
입술 꾹 문 채 반짝이던 시절이 있었을까

밤하늘에도 풀밭이 있는지
스적스적 풀독이 오르면서 찾아가는
쇠뜨기나 오이풀 끝

한 방울 두 방울
맺힌 별
몇 점.

물방울이 잎사귀 끝에 머물면
흐를 듯 말 듯 반짝, 눈 뜨는 별이 있다

능소화

모진 겨울이 있기나 했었나
기억조차 흐릿한데
어느새 여름이 내 무르팍에 와 있다
빗줄기 오락가락하던 날
길을 잘못 들어 시골 마을을 지나다
슬레이트 지붕 한가득 피어난
꽃을 만났다
와르르,
흐린 하늘에서
숨막히도록 밝게 수런거리는

시월 오후 여섯 시 무렵

골목길이 금세 어두워졌다

인적 대신 밥 냄새만 돌아다닌다

괜히 두리번거린다

십일월

쉿!
앙상한 연 줄기
말라 가는 이파리 세우며
꽃 피우던 시절을 얘기하자고 한다

빛나던 시절이 있었던가
안개 속을 거닌 것처럼 아득하지만
가끔은 되짚어 보는 시간들
간혹 시간에서 빠져나온 사람들이
문지방에 들어설 때가 있다
서먹하나 반가운 이들

깃대 든 연처럼
지난날이 펄럭이는 때 있을까

청려장靑藜杖

현관에 명아주 지팡이가 세워져 있다

한때 지팡이는 병원 대리석 바닥에서 힘없이 퉁그라
졌다
아버지가 비쩍 마른 몸으로 걸을 때마다
바닥에 비친 그림자도 덩달아 흐물거렸다
껑충 들린 점퍼도 펄럭였다

지팡이가 바닥을 두드릴 때마다 땅바닥도 조금씩 열
렸다

바짝 마른 줄기가 우둘두툴
곁가지 쳐낸 지팡이
낫 들어가다 만 자국이 여러 군데다

저녁 햇살이 비출 때마다
아버지가 생각나 바닥에 귀를 대고 두드렸다
똑 똑
명아주 풀냄새가 현관을 두드린다

4
인턴

인턴

지문을 입력해 주세요. 손가락이 등록한 위치를 벗어
나면 안 돼요. 불이 깜빡거리며 확인이라는 글자가 떠야
문이 스르륵 열려요. 문이 열리지 않으면 사무실을 제대
로 찾아왔는지, 뜨거운 냄비를 잡지 않았는지 생각해 봐
요. 선배들이 시키는 일을 제대로 했는지, 전화를 제때
받았는지, 누가 부를 때 꿈지럭대지 않았는지 되짚어 봐
요. 문짝을 걷어차고 싶어도 참아요. 일이 쌓였다고 인
상 쓰지도 말고요. 늦은 점심으로 시킨 잡채밥을 선배가
먹어 치워도 아주 가벼운 간식이었다고 웃어요. 나이 어
린 선배가 허구한 날 명령을 내릴 때도 스물아홉 살 나
이 따윈 잊어요. 메뚜기처럼 빈자리를 찾는 일이 힘들다
고 내색하지 말아요. 그렇다고 등록된 인간이 될지는 잘
모르겠어요. 다시 시도해 봐요. 그래도 안 열리면 손가
락에 물기가 있나, 다른 손가락을 갖다 댔나 살펴봐요.
언제나 문 밖에서 노심초사하는 당신,

목소리를 조율하다

된장국 달라는 주문을 놓치고
안녕히 가시라는 말도 삼킨 점원
지켜보던 사장이 그를 불렀다
먼저, 목을 쭉 빼고
아랫배에 힘 주고
목 아래에서 소리를 빼
시간 날 때마다 아아 소리 지르고
미지근한 물을 마시는 건 기본
집에서 도라지 감초 배를 끓여 먹고
생강차도 마셔 봐
그래야 이 생활 오래한다
그만둘까 어쩔까 확률 따지지 말고
자자, 활짝 웃으며 말끝을 올려 봐
손님 없는 시간에
목소리 다듬기 강의하는 사장

알바생 목소리에
시급이 배어 있다는 걸
모르는 척

ㅋ

국장이 가리킨 곳에 ㅋ이 있었다
고개를 갸웃거리며 확인해 보니
내가 최종 오케이 낸 기사였다
마감 시간 직전 새끼손가락에 힘이 들어가
ㅋ을 건드린 것 같다고 말했지만
ㅋㅋㅋ가 아니어서 천만다행,
힘을 더 줬다면 큰일날 뻔했다
더욱이 1면 한복판 아닌가
창이라고는 모니터 윈도우밖에 없고
탁한 공기 때문에 연신 물을 마셔야 하는 곳
조만간 때려쳐야겠다고 생각했는데
졸지에 쫓겨날 수도 있겠구나
그날부터 ㅋ은 나를 따라다녔다
가슴을 젖히며 큰소리로 웃었다
ㅋ을 따돌리는 일은 소용없는 일
ㅋ은
이 세상에 잘못 박힌 비정규직
쩔쩔매면서 따옴표가 뒤집혔나 살피고

아는 낱말도 다시 찾았다
자판에서 손가락도 멀리 떼었다
날이 갈수록 시건방져 가는 ㅋ
술 약속을 가로채고
어쩌다 잡힌 약속에서도 술잔을 빼앗는 ㅋ
꿈에도 나타나 놀래켰다
어디서나 나를 교열 보는

ㅋ ㅋ ㅋ

회사 방침

짜장면이 오지 않는다
중국집은 통화중
직접 청도반점에 간 김 과장,
막 철가방에 담았다 엘리베이터를 탔다,
짜장면이 움직이는 대로 보고했다
부장은 사장한테 보고하고
사람들은 책상에 신문지를 펼쳐 놓았다
장대비가 면발이네, 송도 신도시에 짜장면집 내면 왕
대박이지
면발 뽑는 소리 야채 볶는 냄새가 진동하는 사무실
마침내 문이 열리고 김 과장이 들어선다
어라, 짜장면이 없다 철가방 든 사내가 없다
취소했어요!
김 과장 말에 장난하냐 쏘아붙인 부장
허기진 사장이 뛰쳐나오고
사람들은 허리춤에 손을 얹고 얼굴을 찌푸린다
빗물 줄줄 흐르는 우산을 들고
질컥거리는 신발로 얼굴이 시뻘게진 김 과장

너무 늦는 거 아니냐고 했더니 와서 먹지 그랬냐며 화
내잖아요

됐다, 방으로 들어가던 사장,

갑자기 휙 돌면서 소리친다

거, 적반하장도 유분수지, 미안하단 소리도 안 했단 말
이지,

앞으로 청도반점 안 가기다, 어기면 시말서 써야 한데
이

비벼 놓은 짜장면처럼

땀에 전 김 과장 얼굴이 모처럼 반질거린다

물 과장

계속 이러면 같이 일 못해!

　부장 목소리 톤이 올라갈수록 고개가 떨어진다. 자리로 돌아와 어깨를 웅크린 채 모니터를 들여다보는 물통 담당 김 과장. 사람들은 컵을 들고 오가면서 빈 물통과 그를 번갈아 쳐다본다. 물통 바꿀 생각을 하지 않고 컵을 만지작거리는 김 과장.

　그가 다시 서류를 내밀자 부장은 그대로 나간다. 그는 창 밖을 내다본다. 대출 받은 이자를 생각했을까. 슬그머니 일어나 물통을 거꾸로 세워 놓는 김 과장. 그때 유리문으로 부장이 들어오는 모습이 보인다. 그가 급하게 휴대폰을 집어 든다.

　에잇, 못한다니까요. 내 더러워서 못해 먹겠네.

　부장이 물통에 다가간다. 사람들은 컵을 만지작거리면서 무너져 내릴 듯한 책 더미 틈에서 슬쩍 고개를 든

다. 부장이 자리로 돌아와 물을 마시도록 물통 안에서는
부글부글 거품이 방울져 올라온다.

인턴 기자

새로 뽑은 기자들이 출근하기 전날
국장이 인턴 기자 둘을 불렀다
회사 재정상 어쩔 수 없는 일이라서,
말라 가는 입술에 자꾸 침을 묻히고
헛기침을 몇 번 하면서 말했다
더 이상 갈 데가 없다는 사실을 말하려는 듯
말을 듣는 둥 마는 둥
열심히 하겠습니다,라고만 대답한 인턴들
그 목소리가 어찌나 단호하고 힘찬지
잠시 자신의 새내기 시절을 떠올리다
그래 그렇게 하자,고 했다가
인턴들이 방을 빠져나가는 뒷모습을 보면서
아차 싶었던 국장
이거 본의 아니게 악역을 시켜서 미안허이,
김 과장한테 뒤처리를 부탁했다
김 과장은 악역 맡은 처지를 한탄하고
만만찮은 세상살이를 풀어 놓았다
기자들은 거창하게 송별회를 해주었다

이 길을 걷다 보면 만날 거야
선배들의 관심과 배려에 황송해진 인턴들,
술을 주는 대로 받아 마시고는
몸을 가누지 못해 술병을 꽉 잡다
소주병과 함께 나동그라졌다

골똘하다

감귤 한 상자가 놓여 있다
사람들이 드나들면서 까먹는다
귤 냄새가 진동하는 사무실
구석에서 모니터를 들여다보는 여자
흘낏, 눈으로만 귤을 먹는다
감귤이 줄어드는 걸 보면서 몇 번 일어났다가
괜히 한쪽으로 쏠린 방석만 탁탁 친다
마침내 경리 아가씨가 상자를 접는다
여자 마음도 납작해진다
귤 농장에 가서 배터지게 먹어야지
접힌 마음을 가까스로 펴는데
누군가 사 온 주스 한 상자를 들고
경리 아가씨가 사무실을 한 바퀴 돈다
사과 오렌지 딸기 포도, 뭐 드실래요?
경리 아가씨가 상자를 들이밀자
여자는 잡히는 대로 집고서 지갑을 찾는다
경리 아가씨가 옆사람한테 갔길래 망정이지
얼마예요, 값을 치를 뻔했다

복사해도 되나 물은 먹어도 되나 혹시 몰아서 내나
비정규직 여자는 골똘히 생각하면서
주스 뚜껑을 열었다,
닫았다,
연다,

돼지 웃음

북어 두 마리 시루떡에 八자로 꽂혀 있다 이사한 지 한
철이 지나도록 풀리는 일이 없어 터줏대감께 늦인사하
는 날, 외근 나간 사람들이 서둘러 들어와 돗자리에 빙
둘러선다 사람들과 자신의 모니터를 번갈아 바라보며
만 원짜리를 만지작거리는 여자 입가에 이쑤시개를 박
고 있는 돼지를 슬쩍 바람이 간지럼을 피운다 사람들은
막걸리를 따르고 돈을 말아 돼지 콧구멍에 쑤셔 박고,
돼지 주둥이를 벌려 만 원짜리를 물린다 꾸울꾸르르, 돼
지가 귀를 활짝 펴고 웃는다 이빨을 내놓고 삐뚤빼뚤 콧
구멍에선 더운 바람이 푹푹, 양볼이 미어터지는 돼지 웃
음 속 누군가 부르면 마지못해 나갈 참인데 아무도 여자
를 부르지 않는다 절할 사람이 줄어들수록 여자 얼굴이
점점 일그러진다 돼지 웃음을 지어 보이지만 보너스와
퇴직금 없는 계약직이 내내 이어지길 터줏대감께 빌어
야 하는데,

모르는 사람

양복 입은 남자들이 들어선다
사장이 방에서 뛰어나오고
일하던 사람들이 알은척한다
양복 입은 남자가 일일이 악수한다
구석에서 모니터 들여다보던 여자
무심히 사무실 광경을 바라보다가
모니터로 눈길을 돌리고는 턱을 받쳤다
아무래도 여기랑 관련된 사람이겠지,
인사를 할까 망설이다가 그만두자고 마음먹었다
곧 실눈을 뜨고 슬그머니 모니터 밖으로 눈알을 돌리다
양복 입은 남자와 눈이 딱 마주쳤다
여자는 턱 괸 손을 내리고 얼결에 고개를 까딱거렸다
양복 입은 남자가 자동적으로
양복 단추 여미며 허리를 굽힌다
사장은 멋쩍게 머리를 긁는다
전체 모임에 참석한 적 없는 계약직 노동자
양복 입은 남자가 사장실에 들어간 다음
옆사람에게 그의 정체를 물었다
회장님이잖아요, 우리들의 회장님

김 차장은

투잡할 요량으로 일을 구했대요
일은 그럭저럭 하더군요
그런데 누가 불러도 가만히 있어요
김 차장, 김 차장
옆 사람이 책상을 톡톡 두드리면
그제야 머리를 긁적입니다
학교 다닐 때 반장 한 번 하지 못했고
커서도 장 맡으라면 손을 내저은 김 차장,
누군가 부르면 웃음을 참으며 웃습니다
김 차장, 이 문장에는 뭐가 맞아
김 차장은 고개를 갸우뚱합니다
자신이 맞게 대답했는지보다
김 차장이 자신인지 알 수 없어서라고 합니다
상사도 부하도 없는 부서에서 홀로 임원인 김 차장
김 차장이라고 쓰인 명함을 한 무더기 받고
서랍 깊숙이 밀어 넣습니다
김 차장은 화장실 거울 앞에 섭니다
기임— 하다가 웃고

헛기침한 다음,

기이임 차— 하다가 허리를 꺾으며

입 막으며 웃습니다

숨을 몰아쉬고 다시 거울 앞에 서서는,

슬리퍼를 신어도 될까요

　슬리퍼가 주인을 기다린다 먼지 뒤집어쓴 채 의자 바퀴에 눌린 채 전선줄 사이에 끼어 있다 외근 나간 김 과장 슬리퍼는 한 짝이 뒤집혀 있다 총무과 현화가 걸을 때마다 슬리퍼에 앉은 나비 리본이 나풀거린다 언제쯤 슬리퍼를 신을 수 있을까 계약직이 신어도 될까 그는 넉 달 동안 꽉 막힌 랜드로버를 신고 사람들의 양말 색깔과 무늬를 구경했다

　사무실이 이사한 다음날, 그는 슬리퍼를 챙겨 들고 출근했다 슬리퍼에 발을 쑥 넣는 순간 발에서 새어나온 땀이 날아간다 의자에 앉아서도 양반다리 팔걸이에서 손을 떼고 빙그르 돌았다 일부러 직직 끌면서 걸었다 아귀 맞지 않게 신문지를 접던 박 부장 생각난 듯 회사 재정이 어렵다고 전한다 이런, 투잡이 위태롭다 며칠 전 인 부장이 그만두면서 챙긴 쇼핑백에서 고개 삐죽 내밀고 주인 따라 나가던 슬리퍼가 떠올랐다 책상 아래 서로 멀찌감치 떨어진 슬리퍼 놀란 듯 입을 크게 벌린다

모두는 모두가 아니다

모두 참석하라는 회식 광고를 본 여자
선약을 하나씩 지우고
허기 대신 대리기사 전화번호를 확인했다

아무도 여자에게 같이 가자고 하지 않는다
여자가 사무실을 빠져나올 때
레어, 미디엄, 웰던을 논하던 사람들
내일 봐요
얼결에 손 흔들고 나온 계약직
그 길로 친구들을 불러 모았다
메뉴는 철판 산낙지 볶음
평소 낙지를 외면하던 여자
집게 들고 양념을 섞는다
스르르
뜨거운 철판 위 고춧가루 뒤집어쓴 낙지
몸을 뒤틀며 채소 속으로 숨어든다

어려운 계산

내 머리통이 나뒹군다
팔은 어디로 갔지
허벅지는 흙더미에 반쯤 묻혔군
머리카락은 누구 손아귀에 뜯겼을까
뿌연 흙먼지 사이
퍼즐 맞추듯
뿔뿔이 흩어졌다 돌아오는 몸뚱이 부속들
이리저리 몸을 흔들어 뼈를 맞추고
일터로 출근한다

발할라 궁전으로 돌아갈 때
몸이 다시 조립되고
전쟁터에서는 곧 부서지는 전사들처럼
알바하는 동안 몸은 하나가 되고
일터를 나서면서 떨어진다

온전한 몸으로는 내일이 오지 않아
내가 얼마짜린지 답이 나오지 않아

다시 계산해 볼까
바닥에 나뒹구는 머리통
먼지 속에 살짝 보이는 팔다리
손톱 끝이 갈라진 손가락은
얼마

지시어에 들리는 여자

어딜 봐요 내 손끝을 봐야지
사장이 검지손가락으로 책 꽂을 데를 가리킨다
여자는 손끝이 가리키는 지점 따라
천장까지 닿은 책장 사이를 돌아다닌다
책을 꽂기도 전에 들리는 말

어딜 봐요, 내 손끝을 봐야지
사장이 힘차게 손을 뻗을 때마다
이 그 저
지시어가 여자 몸 여기저기를 찌른다

여자는 갈라진 손톱 주변에 연고를 바르고
뻑뻑해진 손아귀를 폈다 오므렸다
반창고를 감는다
찢겨 나가 맥락 끊긴 책은 버리고
누군가 써 놓은 이름을 락스와 사포로 벗겨 낸다
엉겨붙은 먼지를 신나와 비눗물로 닦는다

책갈피 사이 눌어붙은 네잎 클로버
여자는 풀잎을 든다
집에 있는 책을 내다 팔면
책 읽는 일상으로 돌아갈 수 있나
집에 있는 책을 세기 시작할 때
들리는 말,

어딜 봐요, 내 손끝을 봐야지

신자유주의 사회를 살아가는
개인의 삶의 애환

— 김시언 시집, 『도끼발』

신자유주의 사회를 살아가는
개인의 삶의 애환
— 김시언 시집, 『도끼발』

문혜원(문학평론가, 아주대 교수)

　김시언 시의 가장 큰 장점은 실제 생활에서 얻은 체험
이 시의 기반을 단단하게 다지고 있다는 점이다. 등단작
인 「반지하 등고선」, 「도끼발」 등은 실제 경험에서 얻어진
깨달음에 적절한 수사적 의장을 더하고 있는 시들이다.
이 시들은 소재의 발견과 관찰, 그것의 시적인 표현과 구
성까지 완결성을 갖추고 있어서 등단작의 모범적이고 전
형적인 예를 보여 주고 있다.

　　내려가야 닿을 수 있는 산정이 있다
　　침침한 지하 속을 걸어 오르는 산,
　　지층과 지층 사이
　　반지하 쪽방 곰팡이 핀 벽지를 뜯어낸다
　　벽지 속에 첩첩이 덧대어 껴입은 벽지들
　　층층이 등고선 무늬를 이루었다

어느 바위에서 떨어졌을까

모래알들 서걱거리는 소리가 들려오는 벽지 틈

비를 머금은 구름이라도 지나가는지

이불을 덮고 뒤척이는 물소리가 들린다

손바닥만 한 창을 비집고 드는 햇살을 따라

따글따글 끓어오르는 먼지들,

반층 눈높이로 보는 하늘은 반층 더 높아서

무릎을 꺾어 펴는 계단마다 등고선 주름들이 굽이친다

모란꽃을 뜯어내면 아메바가 나오고

아메바를 뜯어내면 푸른 하늘이,

아이들 찡그린 낙서들을 품고 있다

매미 유충처럼 벗고 싶은 허물들

꽃무늬 포인트 벽지 한 장으로 다시 등고선을 그린다

무늬가 촘촘할수록 가파르고 거친 산

방이 벼랑을 품고 융기한다

　　　　　　　　　　　—「반지하 등고선」 전문

"내려가야 닿을 수 있는 산정"이라는 역설은 반지하 방의 실제 위치와 산을 오르듯 고달프고 팍팍한 삶의 중의적 표현이다. 반지하 방의 벽지를 뜯어 내면 먼저 살다 간 사람들의 모습이 오버랩된다. 가파른 삶들이 이곳에서 한 시절 희망과 슬픔을 껴안고 살다가 옮겨 가면 다시 고만고만한 사람들이 잠시 둥지를 튼다. 그럴 때마다 모란꽃,

아메바, 하늘과 같은 무늬의 벽지가 발리고, 벽은 융기한 것처럼 점점 두툼해진다. 이것을 '등고선'에 비유한 것은 적절하고 재치 있는 표현이다. 그것은 창작 훈련으로 다듬어진 것이 아니라 체험에서 자연스럽게 우러나온 것이라서 더욱 생생한 리얼리티를 담고 있다. 「도끼발」 역시 소재와 표현이 적절히 균형을 이루고 있는 잘 짜여진 작품이다.

　　자동차 타이어를 갈갈이 찢어 놓을 거야 천년을 벼린 도끼발로 단숨에 내리칠 거야 터진 타이어 조각은 차선을 바꾸며 나뒹굴고 길바닥엔 급정거한 금들이 뱀처럼 서로 엉켜 들겠지 백 리 천 리를 걸어도 굳은살 하나 박이지 않던 뻘밭, 그때 내가 휘두른 도끼는 혀를 닮아 있었지 파도와 해초와 바위와 입맞춤하던 혀 하지만 이제 나는 단단해졌어 딱딱한 도로를 걷느라 강철보다 더 굳어져 버렸어 바닷가 신도시 오늘도 나는 아스팔트 길을 밀고 올라와 맨발로 걷지 아주 오래전에 죽은 동족이 석회질로 다닥다닥 붙어 있는 길 제한속도를 위반한 차들이 스키드마크를 내며 질주하는 길

　　타이어 바퀴 아래 부서진 모래알이 되어 저 껑충한 아파트를 기어오를 거야
　　아파트를 내리쳐 벽마다 균열을 내고

96

벌어진 틈으로 해식 동굴 빠져나가는 바람 소리를 낼 거
야
　걷다 보면 부은 발 어루만져 주던 파도가 그립기도 하겠지
　야반도주하듯 떠나간 낙지 일가는 어느 해변에 이삿짐
을 풀었을까
　잊지 마 나는 바다의 도끼발
　바다가 다 사라져도 나는 사라지지 않지
　　　　　　　　　　　　──「도끼발[斧足]」부분

　대상에 대한 찬찬한 관찰과 긴밀한 비유가 돋보이는 시
이다. 조개의 발, 연한 살, 껍데기와 딱딱해지는 혀, 아스
팔트의 석회질 등이 자연스럽게 연결되며, 시 전체의 균
형을 놓치지 않고 있다. 원래 부드러운 혀와 같았던 살은
황폐한 아파트 단지를 기어오르며 딱딱하게 굳어지고 날
선 도끼발이 되어간다. 그것은 몸속에서부터 끓어오르는
찬찬한 분노이기 때문에 더욱 단단하게 벼려져 있다. 말
하자면 '천년을 벼려 온 도끼발'은 외부로부터 주입된 정
치적 이데올로기의 소산이 아니라 화자 내부에서 천천히
자발적으로 형성된 구체적인 저항의 상징인 것이다. 「반
지하 등고선」에서 반지하 방 벽지가 만들어 낸 등고선 또
한 마찬가지다. 오래도록 겹겹이 덧발라진 삶의 애환들은
서서히 융기해서 '벼랑을 품은 방'으로 거듭난다. 그것들
은 지금 '허물을 뒤집어쓴 매미 유충'처럼 숨죽이고 있지

만, 언젠가는 허물을 벗고 매미가 되어 여름 한나절 깊은 울음소리를 낼 것이다.

이런 부분에서 그녀의 시는 억압적인 현실 속에서도 낙관적인 전망을 놓치지 않았던 80년대 민중시와 닮아 있다. 그러나 2010년대 현실은 탄압의 주체가 선명했던 80년대보다 훨씬 더 교묘하고 은폐된 방식으로 차별과 억압이 행해진다. 억압하는 주체는 표면상 드러나지 않는다. 군사 정권이나 독재, 외세 같은 80년대식 '공공의 적'은 없다. 모두는 모두에게서 억압당하고 차별당한다. 이것이 신자유주의 사회의 논리다. 여기서 사회를 통제하는 최종 권력은 자본으로서, 자본의 흐름에 따라 인간과 인간, 기업과 기업, 국가와 국가 사이의 유대가 결정되고 수시로 변화된다. 개인은 증식하는 자본의 시스템 속에서 기능하는 부품이 되어 언제든지 다른 것으로 대체 가능한 존재로 전락한다.

비정규직 노동자는 이러한 신자유주의 사회의 총체적 모순이 결집되어 있는 제도의 희생양이다. 그들은 일정 기간 동안 특정 직장에 고용되어 있다는 점에서 일용직 노동자에 비해 상대적으로 안정적인 지위에 있지만, 기간이 만료되면 합법적으로 해고된다. 제도적 장치가 해고를 법적으로 보장하는 기이한 시스템 속에서, 그들은 계약 만료와 더불어 실직자로 전락하고, 실업 급여를 받는 동안 새로운 비정규직 일자리를 찾아 전전한다. 이러한 악순환은 자본의 무한한 증식을 합법적으로 보장하는 반면 사회의 안정성을 파괴하고 개인의 인간적인 존엄성을 말살한다.

김시언의 시는 인턴 사원, 식당 알바생, 외근을 전담하는 계약직, 영세 출판사 사원 등 각종 직장에 흩어져 있는 비정규직의 애환을 실감나게 그려 낸다.

> 과외 상담만 하고 수업으로 이어지지 않을 때
> 출판사에서 일한 돈이 나오지 않을 때
> 충무로 인쇄골목에 큰불이 났을 때
> 가방은 여전히 무겁다는 사실을
> —「생각은 어깻죽지에서 나온다」 부분

> ㅋ을 따돌리는 일은 소용없는 일
> ㅋ은
> 이 세상에 잘못 박힌 비정규직
> 쩔쩔대면서 따옴표가 뒤집혔나 살피고
> 아는 낱말도 다시 찾았다
> —「ㅋ」 부분

그녀 시의 중심 화자는 시인 자신을 투영하고 있다고 짐작되는 비정규직 여성이다. 화자가 겪는 삶의 애환은 빈부, 지배와 피지배, 노사라는 단순한 이분법으로 설명

되지 않는다. 같은 사원이면서도 정규직과 비정규직 사이에는 엄연한 위계와 신분의 차이가 존재하다. 차별은 보수나 계약 기간, 4대 보험 가입 여부와 같은 공식적인 조항에서만 주어지는 것이 아니다. 그것은 평범한 일상의 작은 일들에서 수시로 발생한다. 누군가 사 온 귤을 먹고 못 먹고, 사무실의 번창을 비는 고사에서 절을 하고 못하고, 단합을 도모하는 회식 자리에 가고 못 가고 같은 사소하지만 현실적인 상황들에서 생겨난다. 비정규직은 스스로 알아서 변외가 되어 주어야 하는, 자리에 있지만 투명인간과 같은 존재이다. 스스로 소외를 자청하면서 자존감은 더욱 무참하게 짓밟히고, 그 결과 개인은 더욱 위축된다.

그러나 조직 내에서 비정규직에 대한 차별은 어느 정도 정당화되는데, 그것은 '비정규직'이라는 신분이 개인의 게으름과 무능 탓으로 여겨지는 풍토 때문이다. 신자유주의 사회에서 모든 것은 '자기가 하기 나름'이다. 운 좋게 제도에 안착한 소수는 상업화된 매스컴에 의해 성공 신화의 주인공으로 포장되고, 그들이 강연과 인터뷰 등을 통해 설파한 극기담은 실패한 이들이 게으르고 무능하기 때문이라는 것을 증명하는 근거가 된다. 사회 구조적인 모순은 은폐되고 국민을 보호해야 하는 국가의 본질적인 의무는 잊혀진다.

넘쳐나는 자기 계발 스토리나 성공담들은 성공이 개인의 노력 여하에 달려 있다는 환상을 심음으로써, 구조적

모순을 해결하기 위한 공동의 모색과 토의를 원천적으로 봉쇄한다. 개인은 성공 신화의 환상에 사로잡혀 스스로를 자본의 무한한 증식에 공헌하는 '성과 주체'로 거듭나게 된다. 스스로가 스스로를 착취하는 이런 형태야말로 신자유주의가 효과적으로 작동할 수 있는 최적의 환경이다.

이러한 현실에서 개인의 삶의 불안정성과 피폐함은 결국 개인 탓으로 돌려진다. 뿔뿔이 단자화된 개인들은 삶이 위태로울 때마다 스스로에게 원인을 돌리고 자신을 더욱 쥐어짜 냄으로써 살아 남아야 한다("몸속에 비수를 품고서/ 졸음이 올 때마다 쿡쿡/ 온몸의 세포를 찔러 댄다" ―「참치 기타」).

　야생의 말잔등이라도 올라탄 듯 파도가 치면
　잴 수 없는 수심을 향해
　닻 내리는 나무
　물고기 한 마리 잡지 못하는 날이 이어지지만
　떨어진 닻은 끝없는 심해로 내려간다
　과외받는 아이들이 다 잘려 나갔지만
　병든 어머니는 밥보다 더 많이 먹는 약을 끊을 수 없고
　차라리 닻줄을 끊어 버릴까 망설이다
　무저갱 속에서 허방 디디며 길을 찾는다
　닻을 내릴 때마다 닻나무에서 이파리가 떨어진다
　물벼락과 파도를 얻어맞고 나자빠졌다가

힘겹게 나를 부축하는 일도 신물난다
내 닻나무는 꽃을 피우기나 할까
떨어진 나뭇잎을 언제나 끌어올려 돛을 올릴까
도대체 가늠할 수 없는 바다 속
다시 닻을 내 안으로 빠뜨린다

— 「내겐 닻나무가 있다」 부분

　출렁거리는 삶에서 닻을 내릴 곳은 오직 '나'의 안이고, '나'를 부축해서 돛을 올리게 해야 할 것도 결국 '나'이다. 최소한의 안전망도 없는 사회에서 모든 고난이 오직 개인의 탓으로 치부되는 악순환이 반복되면서 화자는 삶의 벼랑으로 내몰린다. 일거리를 찾아 도시 이곳저곳을 찾아다니며 발품을 팔 때('생각은 어깻죽지에서 나온다」), 고단한 몸을 이끌고 방으로 돌아오며 삶이 아득해질 때('내겐 닻나무가 있다」), '차라리 닻줄을 끊어 버릴까'라는 화자의 독백은 진솔하고 정직하게 울린다.
　이러한 상황의 적나라함은 삶이 개선되거나 호전될 것이라는 섣부른 희망을 가질 수 없게 한다. 반지하 방일 망정 포인트 벽지를 붙이고('반지하 등고선」) 화분을 키우며('내겐 닻나무가 있다」) 살아가는 이들의 소박한 삶은, 아름답다기보다는 암담하고 막막해 보인다.
　김시언의 시는 80년대 민중시의 관념적 낙관론에서부터 암담한 신자유주의 현실에 대한 인식에까지 걸쳐져 있다. 신자유주의 사회의 벽 앞에서 「반지하 등고선」, 「도끼발」과 같은 일부의 시에 나타나는 긍정적인 메시지는 어쩌면 관념적이고 허무하게 느껴질 수도 있다. 그러나 그녀는 등단작의 모범성에서 벗어나 현실을 직시하려는 노력들을 계속함으로써 발전적인 가능성을 보여 주고 있다. 비정규직 노동자의 생활을 꾸준히 스케치하고 있는 시들은 아직 미완이지만 그녀의 시가 사회구조적인 모순에 대한 지속적인 관심을 놓지 않고 있다는 것을 증명한다. 좀 더 심화된 사회적 인식과 주체적인 목소리가 더해진다면, 우리는 현실 비판 의식을 갖추고 있는 든든하고 강인한 새로운 시인 하나를 얻게 될 것이다.

김시언 시인
1963년 서울 출생.
경기대학교 독문과를 졸업하고,
인천대학교 교육대학원 독어교육학과를 수료했다.
2013년《시인세계》로 등단.
e-mail : ich2182@hanmail.net

도끼밥
김시언 시집

초판 1쇄 발행일   2015년 10월 19일
지은이 · 김시언
펴낸이 · 김종해
펴낸곳 · 문학세계사

주소 · 서울시 마포구 신수로 59-1(04087)
대표전화 · 02-702-1800   팩시밀리 · 02-702-0084
이메일 · mail@msp21.co.kr
홈페이지 · www.msp21.co.kr
페이스북 · www.facebook.com/munsebooks
출판등록 · 제21-108호(1979.5.16)

값 8,000원
ISBN 978-89-7075-695-0 03810
ⓒ 김시언, 2015

이 시집은 (재)인천문화재단과 한국문화예술위원회 지역협력형 사업으로 선정
되어 발간하였습니다.

이 도서의 국립중앙도서관 출판예정도서목록(CIP)은 서지정보유통지원시스템
홈페이지(http://seoji.nl.go.kr)와 국가자료공동목록시스템(http://www.nl.go.kr/
kolisnet)에서 이용하실 수 있습니다.(CIP제어번호: CIP2015026179)